Livre de l'élève

Galipette

Élémentaire

Marie Palomino

Oxford
EDUCACIÓN

SOMMAIRE

unité 0 — 6

unité 1 — 11
J'adore l'école !

unité 2 — 19
Oh là là ! Quelle journée !

unité 3 — 27
Qu'est-ce que je mets ?

unité 4 — 35
Vive le sport !

unité 5 — 43
Miam, miam !

unité 6 — 51
Ma ville

révisions — 59

Je découvre mon livre.

Écoute !

Lis !

Fais l'activité avec un camarade.

Parle !

Écris !

Fais l'activité en groupe.

Observe !

Répète !

Cahier page 43
Regarde dans ton cahier d'activités page 43.

Chante !

Joue !

Consolidation   Feuille à photocopier
Ton professeur regarde dans son livre.

contenus

unités	objectifs communicatifs	grammaire
unité 0 (Révisions)	* Saluer. * Se présenter. * Décrire des personnes. * Présenter sa famille. * Identifier et situer des objets. * Décrire sa maison.	* Qu'est-ce que c'est ? Qu'est-ce qu'il y a ? Comment ? Où ? * Il y a. * S'appeler, habiter (au présent) je, tu, il/elle. * Les adjectifs : masculin, fémini * Mon, ma, mes. * Un, une, des / le, la, les. * Les prépositions de lieu.
unité 1 J'adore l'école !	* Décrire sa salle de classe. * Demander et dire l'heure. * Dire sa matière préférée.	* Quelle ? * Il y a (Révision). * Les prépositions de lieu (Révision).
unité 2 Oh là là ! Quelle journée !	* Parler des loisirs. * Parler des petites tâches ménagères. * Décrire sa journée.	* Qu'est-ce que ? * Verbes en -er, faire, lire, prendre, partir (je). * Verbes avec un pronom : se lever, se laver, s'habiller, se coucher (je).
unité 3 Qu'est-ce que je mets ?	* Décrire sa tenue et la tenue d'un camarade. * Compter jusqu'à 50.	* Un, une, des (Révision). * Porter (je, tu, il/elle). * Qu'est-ce que ? (Révision)
unité 4 Vive le sport !	* Connaître les noms des parties du corps. * Parler de son sport préféré. * Exprimer la fréquence.	* Singulier/Pluriel : la jambe, les jambes. * Faire du/de la/de l' + nom de sport (je, tu, il/elle).
unité 5 Miam, miam !	* Nommer les différents aliments. * Dire ses goûts alimentaires. * Compter de 50 à 100.	* Adorer, aimer, ne pas aimer (je, tu, il/elle).
unité 6 Ma ville	* Indiquer un chemin. * Décrire son quartier. * Nommer les différents magasins. * Acheter dans un magasin.	* Prends. Traverse. Va. * Aller à la/à l'/au (je, tu, il/elle * Premier, deuxième… dixième
révisions		

vocabulaire	civilisation	atelier
* Les couleurs. * Les fournitures scolaires. * Les adjectifs pour décrire des personnes. * Les animaux. * La famille. * La maison.	* Le français dans le monde.	* Mes camarades de classe. Je fabrique un mobile avec des mains.
* La salle de classe. * Les matières.	* L'école Saint-Exupéry.	* Un grand poster de la classe. Je fais un poster de ma salle de classe.
* Les loisirs. * Les tâches ménagères. * Les activités quotidiennes.	* La journée de Valentine.	* Après l'école ! Je confectionne un livre sur mes loisirs.
* Les vêtements. * Les nombres jusqu'à 50.	* Le parc national des Pyrénées.	* Ma tenue préférée. Je fais un grand collage.
* Le corps humain. * Le sport.	* La classe de neige.	* Méga-quiz sur le sport. J'invente un quiz.
* Les aliments. * Les nombres de 50 à 100.	* Je fais des crêpes !	* Le grand jeu des aliments. Je crée un jeu de l'oie.
* La ville et les magasins.	* J'habite à Biarritz.	* La rue des Acacias. Je fais une affiche.
	* Vacances en France.	

unité 0

2 **1** Écoute et lis les conversations. Qui parle ?

1 e
Où est mon ballon ?
Regarde, il est sous la table.

2
Bonjour ! Comment elle s'appelle ?
Elle s'appelle Vanille.

3
Qu'est-ce que c'est ?
C'est un gâteau au chocolat ! Aujourd'hui, c'est mon anniversaire !

4
Où tu habites ?
J'habite rue de Nantes, à côté de l'école.

5
Oh là là, il fait chaud !

6
J'adore les chiens ! C'est mon animal préféré !

2a Retrouve Émilie : elle est grande et brune, et elle a les cheveux longs et frisés.

b Décris un personnage à tes camarades.

3 Compte les voitures et les vélos .

3 **4a** Écoute et trouve les objets.

b Il y a un lapin blanc, un chien noir et huit chats. Où ils sont ?

CIVILISATION

Le français dans le monde

1 Écoute Patrice et lis.

Yasmina, Achir, Céline, Éric, Christine, Salam et Soa parlent français mais ils n'habitent pas en France. Dans le monde, 180 millions de personnes parlent français : en France, au Québec, en Belgique, en Suisse... et dans 31 pays d'Afrique !

2 Réponds à Christine.

Comment tu t'appelles ?
Où tu habites ?

3a Écoute Soa et dessine l'arbre généalogique.

b Réponds à Soa.

Et toi, avec qui tu habites ?

4 Écoute Salam et lis le texte. Indique les deux animaux intrus.

Au Sénégal, il y a des crocodiles, des serpents, des pandas, des girafes, des lions, des hippopotames, des kangourous, des éléphants et des singes.

5 Réponds à Céline.

Tu habites une maison
ou un appartement ?
Qu'est-ce qu'il y a chez toi ?

6 Réponds à Yasmina.

Qu'est-ce qu'il y a dans
ton sac à dos ?

Atelier

Mes camarades de classe

Un cintre

De la laine

Un rouleau de ruban adhésif

Du carton, un crayon, un feutre noir et des crayons de couleur

1 **Dessine ta main.**

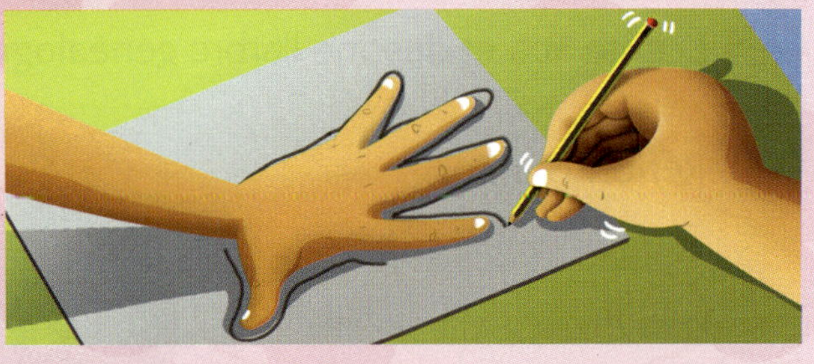

2 **Mets ton empreinte.**

3 Écris :

- ton prénom,
- ton âge,
- le jour de ton anniversaire,
- ta couleur préférée
- et ton animal préféré.

4 **Découpe ta main et fais un mobile avec toutes les mains.**

5 **Présente-toi !**

Unité 1

J'adore l'école !

- Je décris ma salle de classe.
- Je demande et dis l'heure.
- Je parle des matières scolaires.

Je visite une école française.

leçon 1

Le livre de maths

7 **1** Écoute et lis.

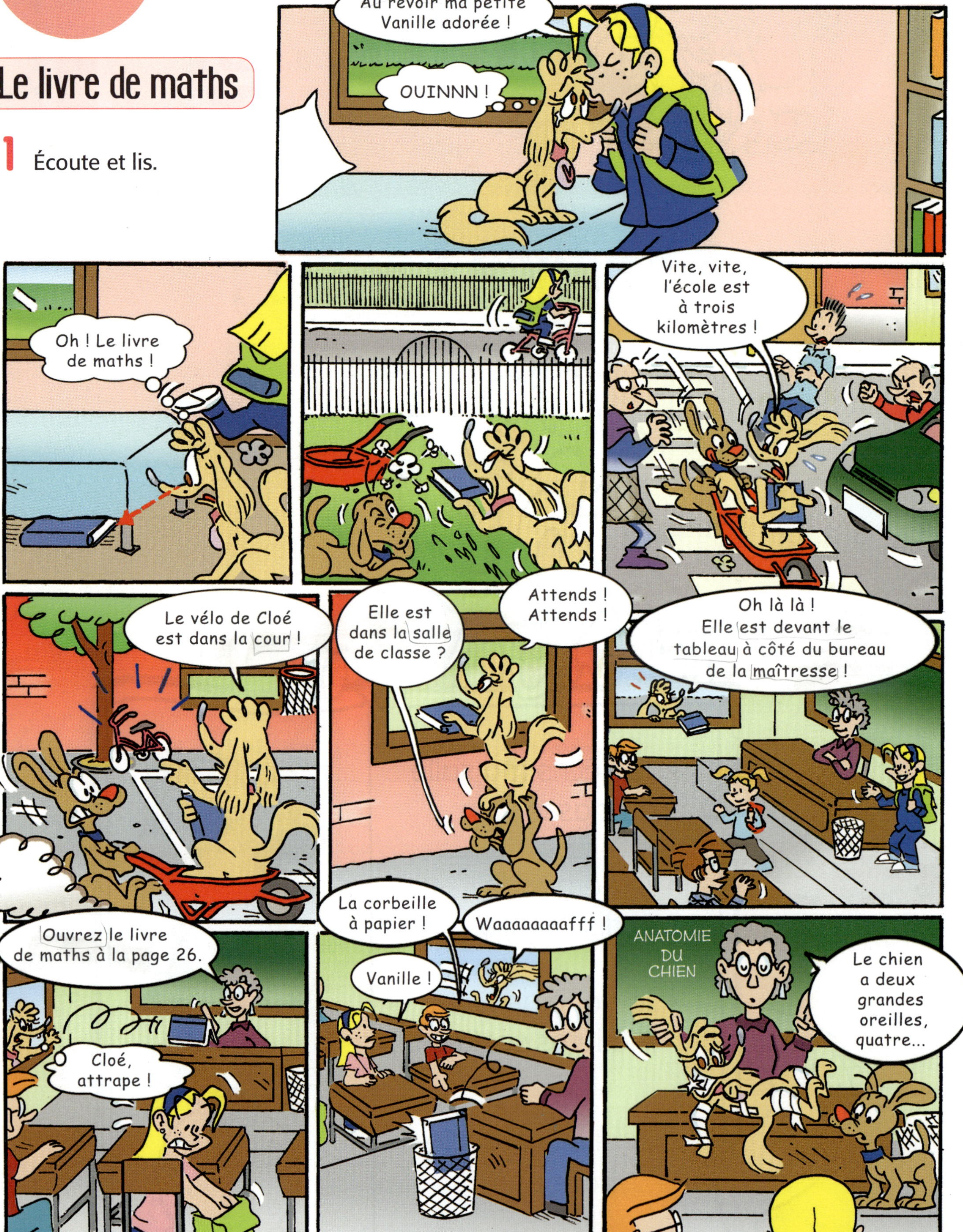

Consolidation

Entrez !

8 **2a** Écoute et répète les mots.

b Dis un numéro. Tes camarades disent le mot.

3. — Le tableau.

Consolidation

Ma salle de classe

9 **3** Observe la salle de classe de Patricia et complète le texte. Écoute et vérifie.

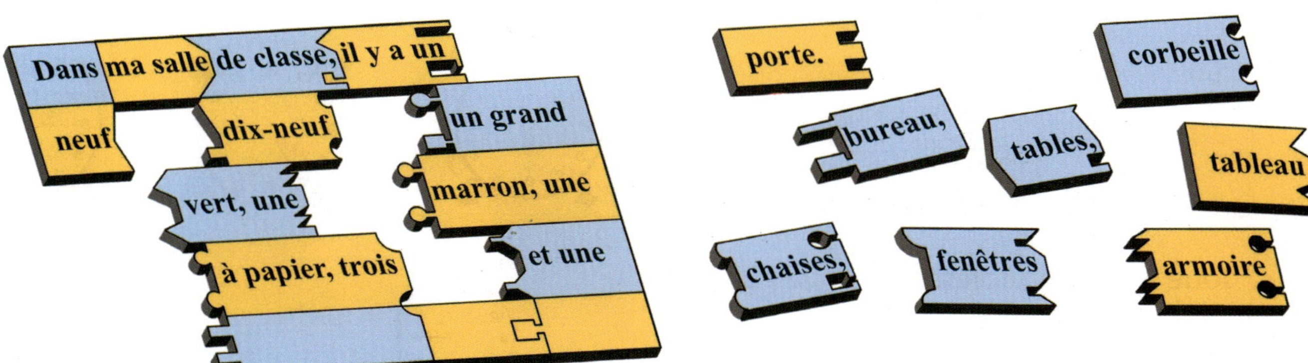

À toi ! Décris ta salle de classe.

leçon 2

Quelle heure il est ?

10 **1** Écoute et lis.

Consolidation

Il est midi !

11 **2a** Regarde la grande horloge. Associe les heures et les réveils. Écoute et vérifie.

Il est huit heures moins vingt-cinq.
Il est dix heures moins le quart.
Il est deux heures et quart.
Il est une heure dix.
Il est midi.
Il est six heures et demie.

moins cinq
moins dix
moins le quart
moins vingt
moins vingt-cinq

cinq
dix
et quart
vingt
vingt-cinq
et demie

1 : Il est midi.

1

2

3

4

5

6

b Joue avec ton professeur. Cahier page 43

Il est onze heures et quart.

Ma matière préférée

3a Écoute Patricia et lis.

b Écoute et répète les mots.

À l'école, j'ai français, maths, histoire, géographie, sciences, dessin, anglais, sport et musique.
Ma matière préférée est la géographie.

c Trouve les noms des matières.

lamaîtressel'anglaisletableaulagommelefrançaislesscienceslacourlamusiquelachaiselesmathsl'armoireledessinlatablelagéographielesportlebureaul'histoire

✓ Consolidation

J'aime la géographie.

4 Quelle est la matière préférée de Nathalie et de ses camarades ?

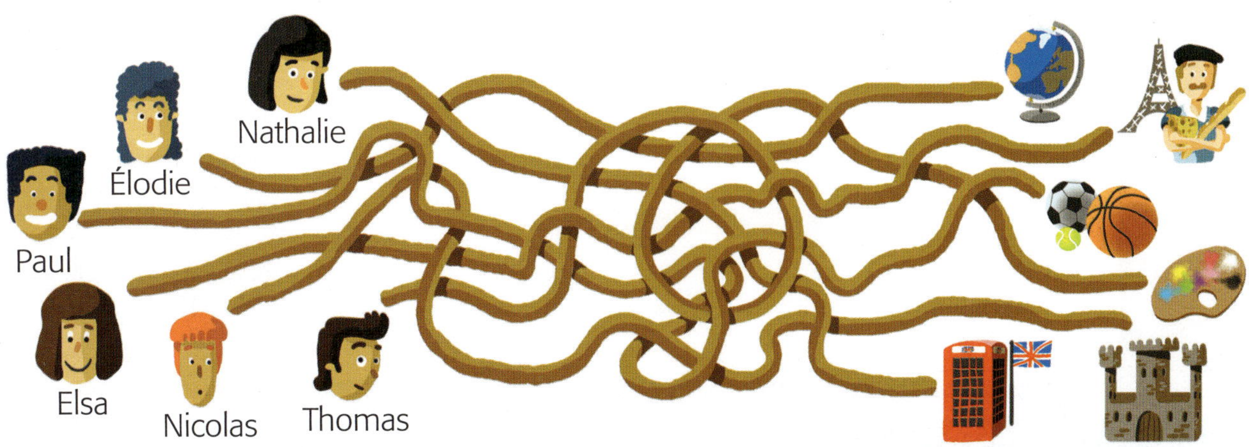

Et toi, quelle est ta matière préférée ?

CIVILISATION

L'école Saint-Exupéry

Bonjour, je m'appelle Sébastien. Je suis en CM2 à l'école élémentaire Saint-Exupéry.

À l'école, je porte un tablier.

1

L'école commence le 2 septembre et se termine le 2 juillet.

Mes vacances :
Une semaine en novembre, pour la Toussaint.
Quinze jours à Noël.
Quinze jours en février.
Quinze jours en avril.

2

Voici mon école : il y a une grande cour, une bibliothèque et un petit gymnase.

	Lundi	Mardi	Jeudi	Vendredi	Samedi
8 h 30 – 9 h 30	Français Grammaire	Maths	Maths	Français Orthographe	Dessin
RÉCRÉATION					
10 h 00 – 11 h 00	Dessin	Maths	Anglais	Français Conjugaison	Musique
11 h 00 – 12 h 00	Maths	Géographie	Français Conjugaison	Maths	Sciences
DÉJEUNER					
13 h 30 – 14 h 30	Musique	Français Vocabulaire	Sport	Français Lecture	
RÉCRÉATION					
15 h 00 – 16 h 00	Histoire	Anglais	Français Lecture	Sport	

4

Et voici mon emploi du temps. Ma matière préférée est le français.

Le Petit Prince, de Saint-Exupéry

3 Dans la bibliothèque, il y a des ordinateurs reliés à Internet, des livres, des encyclopédies, des B. D., des magazines et des CD-Rom.

C'est ma salle de classe.

14 **1** **Écoute et lis le texte.**

2 **Tu sais qui est Saint-Exupéry ?**

3 **Combien de jours de vacances par an a Sébastien ? Et toi ?**

15 **4** **Écoute. Où est Sébastien ?**

- Dans la cour.
- Au gymnase.
- À la bibliothèque.
- Dans la salle de classe, il a anglais.
- Dans la salle de classe, il a lecture.
- Dans la salle de classe, il a dessin.

5 **Regarde l'emploi du temps de Sébastien.**

a **Quels jours il a classe ? Et toi ? Il a combien d'heures de classe par semaine ? Et toi ?**

b **Dis un jour et une heure. Tes camarades disent la matière.**

Mardi, onze heures vingt.

Géographie !

c **Regarde les affaires de Sébastien. Quel jour on est ?**

Atelier

Un grand poster de la classe

4 grandes feuilles

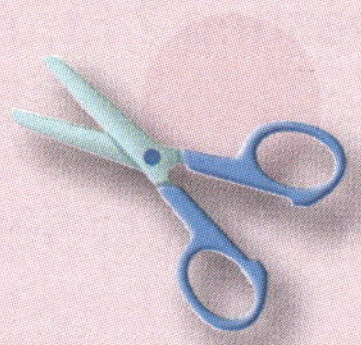

Des ciseaux et un bâton de colle

Des photos ou des dessins des fournitures scolaires

Des crayons de couleur

Une photo de tes camarades et de ta maîtresse (ou de ton maître)

La classe se divise en 5 groupes.

Groupe 1 Fais un poster avec les quatre feuilles. Dessine ta salle de classe et écris les noms.

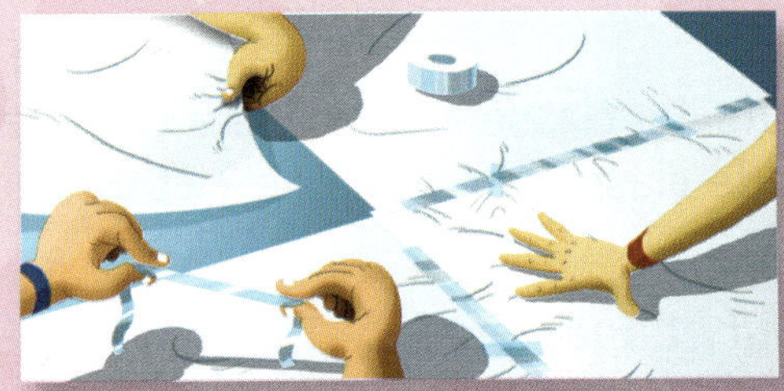

Groupe 2 Dessine ou découpe des photos des fournitures scolaires. Colle les dessins ou les photos sur le poster et écris les noms.

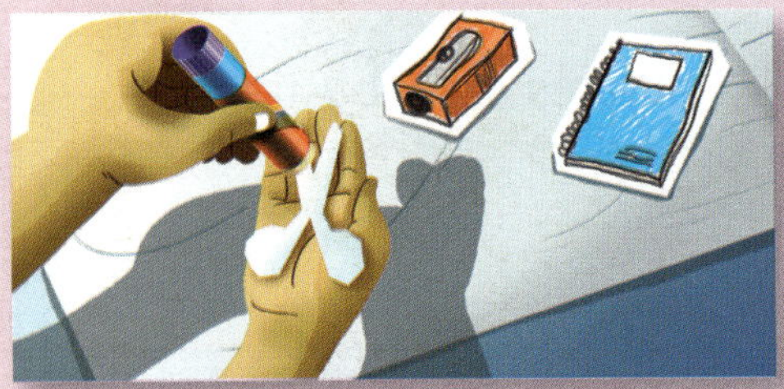

Groupe 3 Prends des photos de tes camarades et de ta maîtresse. Colle les photos en bas du poster. Écris les prénoms et les matières préférées.

Groupe 4 En haut du poster, écris les phrases de la classe en français.

Groupe 5 Dessine et décris Vanille et Chocolat.

unité 2

Oh là là ! Quelle journée !

- Je parle de mes activités préférées.
- Je décris ma journée.

Je découvre la journée d'une Française de mon âge.

leçon 3

Seule à la maison...

16 **1** Écoute et lis.

Consolidation

C'est dimanche !

17 **2a** Écoute la chanson.

18 **b** Et maintenant, chante !

Aujourd'hui, c'est dimanche !
Je dessine[1] et je lis des B. D.[2]
Je joue au foot[3] et j'écoute des C. D.[4]
Je regarde la télé[5] et je fais du vélo.[6]
Et puis, je joue à des jeux vidéo.[7]
Aujourd'hui, c'est dimanche !
Oh là là ! Je range ma chambre,[8] je fais mon lit.[9]
Je fais la vaisselle,[10] vivement lundi !

Je m'amuse !

3a Reconstitue les phrases. Cahier page 43

Je | chambre. | des C. D. | foot. | range | vaisselle. | jeux | ma | écoute | vélo. | télé. | dessine.

Je | range | ma | chambre.

b Parle avec tes camarades.

Et toi, qu'est-ce que tu fais le dimanche ?

Tu viens jouer ?

19 **1** Écoute et lis.

C'est lundi !

20 **2a** Écoute et répète les phrases.

Je me lève.

Je me lave.

Je m'habille.

Je prends mon petit déjeuner.

Je pars à l'école.

Je mange.

Je rentre à la maison.

Je goûte.

Je fais mes devoirs.

Je dîne.

Je me couche.

b Joue avec tes camarades.
Mime une action, la classe dit la phrase.

Feuille à photocopier

21

c Lis la lettre codée de Mélanie. Écoute et vérifie.

À toi ! Écris une lettre codée et décris ta journée. Cahier page 43

CIVILISATION

La journée de Valentine

Bonjour,
je m'appelle Valentine.
Voici mes activités
de la journée.

1. Debout !

Tous les jours, je me lève à sept heures et quart. Ça sent bon ! Dans la cuisine, maman prépare le petit déjeuner.

2. En classe !

L'école commence à huit heures et demie.

9. Au lit !

Je me couche à neuf heures et quart. J'ai sommeil, bonne nuit !

3. Chouette ! C'est la récré !

Pendant la récréation, je discute avec mes copines ou je saute à l'élastique. Les garçons jouent au foot ou aux billes.

5. En classe !

À deux heures, j'ai musique.

4. J'ai faim !

À midi et demi, je mange à la cantine de l'école.

3. À table !

Je dîne à sept heures et demie dans la cuisine avec mon père, ma mère et mon frère.

7. Vive les jeux !

Après, je joue avec mon chien Titou, je fais du vélo et je regarde la télé.

6. Miam, miam !

À quatre heures et demie, je goûte et je fais mes devoirs.

22 **1** Écoute Valentine et lis les textes.

2a Écris les heures sur ton cahier.

- Elle se lève à *** .
- Elle fait ses devoirs à *** .
- Elle mange à *** .
- Elle dîne à *** .
- Elle goûte à *** .
- Elle se couche à *** .

b Et toi ?

3 Et toi, tu manges à la cantine de l'école ou à la maison ?

4 Qu'est-ce que tu fais pendant la récréation ?

- Je discute avec mes copains (copines).
- Je joue au basket.
- Je joue aux billes.
- J'écoute de la musique.
- Je joue au foot.
- Je saute à l'élastique.
- Je mange un sandwich.
- Je lis.

5 Exerce ta mémoire. Cache le texte et associe les phrases.

Dans la cuisine, •	• je goûte.
L'école commence •	• à huit heures et demie.
Pendant la récréation, •	• bonne nuit !
Les garçons •	• je mange à la cantine de l'école.
À midi et demi, •	• maman prépare le petit déjeuner.
À quatre heures et demie, •	• dans la cuisine.
Je dîne à sept heures et demie •	• je discute avec mes copines.
J'ai sommeil, •	• jouent au foot.

Atelier

Après l'école !

7 feuilles blanches

Des crayons de couleur

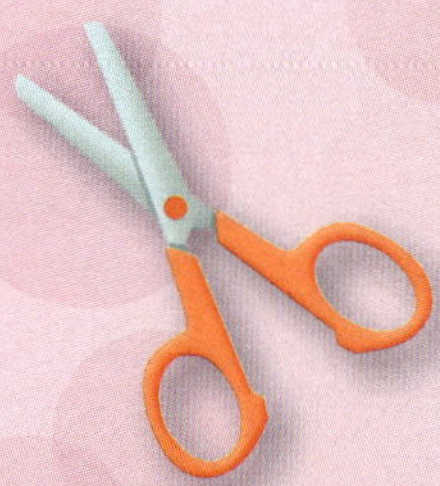

Des ciseaux

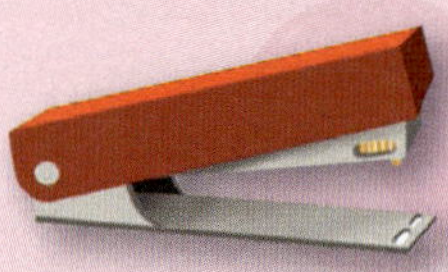

Une agrafeuse

Un bâton de colle

1 Fais ton cahier.

a Agrafe les 7 feuilles.

b Écris le titre sur la première feuille.

c Choisis, découpe et colorie 6 activités.

Feuille à photocopier

d Colle un dessin sur chaque feuille et écris une phrase : indique l'activité, l'heure, avec qui…

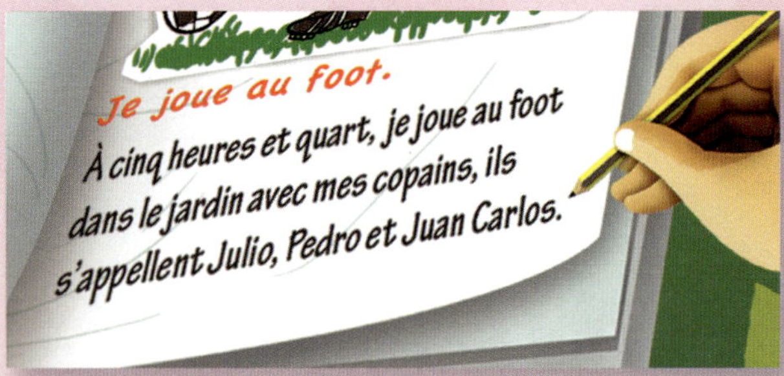

2 Présente tes activités.

unité 3

Qu'est-ce que je mets ?

- Je décris ma tenue.
- Je compte jusqu'à 50.

Je fais de la rando dans les Pyrénées.

leçon 5

Quel look !

23 **1** Écoute et lis.

Consolidation

Mes vêtements

2a Écoute et répète les mots.

Consolidation

b Avec ton camarade, écris les noms des vêtements.

- Avec la lettre U : une jupe..., T : des bottes..., O : une robe..., S : un sweat...
- Avec les lettres E et A : un jean..., E et E : un chemisier...

c Que portent Elsa, Nicolas, Laurie et Paul ?
Classe les étiquettes de ton cahier. Écoute et vérifie.

Cahier page 43

Elsa porte une robe...

Et toi, qu'est-ce que tu portes aujourd'hui ?

leçon 6

Trente, trente et un, Zzzz...

26 **1a** Écoute et lis.

27 **b** Écoute et répète les nombres.

30 trente
31 trente et un
32 trente-deux
33 trente-trois
34 trente-quatre
35 trente-cinq
36 trente-six
37 trente-sept
38 trente-huit
39 trente-neuf

40 quarante
41 quarante et un
42 quarante-deux
43 quarante-trois
44 quarante-quatre
45 quarante-cinq
46 quarante-six
47 quarante-sept
48 quarante-huit
49 quarante-neuf
50 cinquante

✔ Consolidation

c Trouve cinq nombres différents dans l'illustration de l'activité 1a.

J'aime la montagne.

8 **2a** La classe de Véro va à la montagne. Écoute et trouve Véro.

b Écris en lettres et dans l'ordre les nombres de l'autocar.

Trente et un...

c Lis une phrase, la classe dit le nombre.

Le nombre du sac de Julie est divisible par 10.

Le nombre du sac d'Alice est divisible par 16.

Le nombre du sac de Pascal est divisible par 7.

Le nombre du sac de Théo est divisible par 12.

Le nombre du sac de Véro est divisible par 11.

Le nombre du sac d'Arthur est divisible par 15.

Et toi, tu aimes la montagne ?

✓ Consolidation

CIVILISATION

Le parc national des Pyrénées

Bonjour, je m'appelle Bruno ! Aujourd'hui, je me lève à neuf heures, je me lave, je prends mon petit déjeuner et je m'habille. Regarde mes vêtements et mes affaires :

Aujourd'hui il fait beau ! Je vais dans le parc national des Pyrénées avec mes camarades de classe et ma maîtresse.

J'adore la montagne. Dans les Pyrénées, il y a des forêts, des lacs, des torrents...

Et des animaux auss

un hérisson

une marmotte

un aigle

Regarde l'ours des Pyrénées, c'est un animal en voie de disparition.

Et voici un isard, c'est l'animal typique des Pyrénées.

29 **1** Écoute Bruno et lis le texte.

2 Décris l'équipement de Bruno.

1 : un appareil photo.
2 : des lunettes de soleil.

3 Observe ! Identifie les animaux.

1

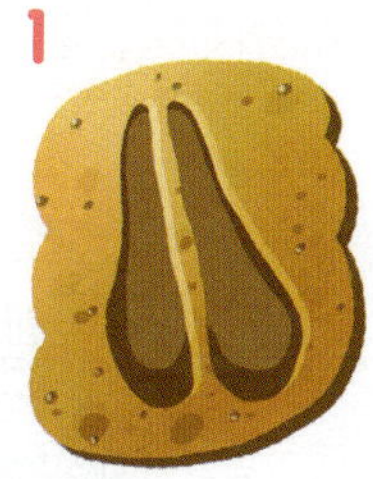

2

3

1 : un isard.

4

5

4 Voici une jolie fleur des Pyrénées. Place huit mots du texte dans la grille et découvre son nom.

Cahier page 45

	1	M	*	*		*	*	T	*			
			2	*		*	É	*	É	*	*	
			3	*		*	*	*	G	N	*	
4	H	*	*	*		*	*	N				
			5	*		*	Ê	*	S			
				6		*	R	R	*	*	*	S
			7	A		G	*	*				
			8	*		*	R	D				

5 Colorie le paysage des Pyrénées de ton cahier et écris les noms dans les étiquettes.

Cahier page 45

Atelier

Ma tenue préférée

Ta photo, des photos de vêtements et d'accessoires, des ciseaux et un bâton de colle.

Un chapeau

Des gants

Un sac

Un collier

Une ceinture

Des lunettes de soleil

1 **Découpe et colle les photos.**

2 **Écris les noms. Présente ta tenue à la classe.**

unité 4

Vive le sport !

- Je dis les noms des parties du corps.
- Je parle de mon sport préféré.
- J'exprime la fréquence.

Je pars en classe de neige dans les Alpes.

leçon 7

Boules de neige

30 **1** Écoute et lis.

Consolidation

Le bonhomme de neige

31 **2a** Écoute la chanson du corps humain.

32 **b** Et maintenant, chante !

Consolidation

c Dis un numéro, la classe dit le nom de la partie du corps.

6.

La bouche.

le pied	les pieds
la main	les mains
le doigt	les doigts
la jambe	les jambes
Attention !	
le bras	les bras
le nez	les nez
l'œil	les yeux

Le corps humain

3a Dessine la silhouette d'un camarade.
Écris les noms des parties du corps.

b Colorie le dessin et écris des phrases.

José est blond.
José a les cheveux courts et raides.
Son nez est grand.
Sa bouche est petite.
Il a dix doigts.

Consolidation

J'adore le sport !

33 **1a** Écoute et lis.

34 **b** Écoute et répète les mots.

Consolidation

Je fais de la natation.

2 Mime un sport. La classe devine le nom.

Je fais du tennis. ~~de le~~ > du
Tu fais de la natation.
Il/Elle fait de l'équitation.

Mon sport préféré

35 **3** Écoute et lis le texte de Camille.
Ensuite, complète le texte sur ton cahier avec les mots de la liste.

copine de l'école — tous — fois — télé — préféré — livre — Internet — lundis — chambre — magazines

Je fais du karaté * les ***. Je fais de la natation trois *** par semaine avec une ***. J'adore la natation, c'est mon sport ***. Je lis des ***, je regarde les compétitions à la ***, je regarde des pages web sur ***. J'ai un *** sur la natation et j'ai trois posters dans ma ***.**

Une fois / Deux fois / Trois fois… par semaine.
Une fois / Deux fois / Trois fois… par mois.
Tous les jours / Tous les lundis / Tous les mardis…

À toi, écris un texte, comme Camille.
✓ Consolidation

La classe de neige

Salut ! Je m'appelle Alexandra.
Je suis en classe de neige
à Chamonix dans les Alpes
avec mes camarades de classe,
deux maîtres et deux
maîtresses de l'école.

Voici mon emploi du temps :

* À huit heures, je me lève, je me lave, je prends mon petit déjeuner et je m'habille.
* De dix heures à midi, je fais du ski avec mes camarades et trois moniteurs.
* À midi, je mange.
* De une heure à deux heures, je range ma chambre.
* De deux heures à quatre heures et demie, je fais de la randonnée.
* De quatre heures et demie à cinq heures, je goûte.
* De cinq heures à sept heures, je fais du patinage.
* De sept heures à sept heures et demie, je fais de la natation.
* De sept heures et demie à huit heures et demie, je dîne.
* De huit heures et demie à neuf heures et quart, j'écris un mail à mes parents ou je discute avec mes copines.
* À neuf heures et quart, je me couche. Oh là là ! Je suis fatiguée. Bonne nuit !

1

2

3

4

5

36 **1** Écoute et lis le texte.

2 Tu es avec Alexandra et ses camarades. Regarde les photos, qu'est-ce que tu fais ? Quelle heure il est ?

> 1 : Je fais de la randonnée. Il est trois heures dix.

3a Alexandra écrit un mail à ses parents. Complète le texte.

neige moniteurs adore piscine ski
patinage fait midi montagne froid

Envoyer | Enregistrer | Supprimer

À :

Objet :

Joindre un fichier

Coucou ! C'est moi !

La , c'est génial ! J' le . Les premiers jours, c'est dur ! Je fais du ski tous les matins de dix heures à . Les sont très gentils. Le matin, il fait beau. L'après-midi, après le goûter, il et il , je fais du et je vais à la .

Gros bisous. Alexandra

7

6

37 **b** Écoute et vérifie.

4 Complète la bulle.

Atelier

Méga-quiz sur le sport

Par groupes de quatre.

1 Avec tes camarades, indique la bonne réponse.

- Le ski est un sport
  1 d'hiver. 2 d'été.
- Le ballon de basket est
  1 noir. 2 orange.
- La balle de tennis est
  1 très grande. 2 petite.
- C'est un champion
  1 de foot.
  2 de tennis.

- À la piscine, je fais
  1 de la natation. 2 de l'équitation.
- Le karaté est un sport
  1 japonais. 2 chinois.
- Avec un cheval, je fais
  1 de la gym.
  2 de l'équitation.

- Le volley est un sport
  1 individuel. 2 d'équipe.
- Avec une casquette, des lunettes de soleil et des baskets, je fais
  1 de la danse. 2 de la rando.

2 Invente et écris deux phrases sur une grande feuille, et colle des photos.

3 Invite une autre classe de français de ton école et lis les phrases aux élèves.

unité 5

Miam, miam !

- Je dis les noms des aliments.
- Je parle de mes aliments préférés.
- Je compte jusqu'à 100.

Je fais des crêpes.
Miam, miam !

leçon 9

Le pique-nique

38 1 Écoute et lis.

Consolidation

La liste des courses

39 **2a** Écoute et répète les mots.

Consolidation

b Devine les aliments.

J'adore les ●r●t●● et j'aime le ●●●t.

Tu aimes les s●●●●●tt●● et les œ●●● ?

Émilie aime le p●●ss●● et les ●o●m●s.

Tu adores le ●r●●●g● et le ●o●●●t.

Je n'aime pas les ●a●●n●s.

Thomas n'aime pas la s●●p●.

Et toi, qu'est-ce que tu aimes ?

J'adore le lait.
Tu adores la soupe.
Il/Elle adore le riz.

J'aime le lait.
Tu aimes la soupe.
Il/Elle aime le riz.

Je n'aime pas le lait.
Tu n'aimes pas la soupe.
Il/Elle n'aime pas le riz.

c Joue avec ton professeur.

J'adore les frites.
J'aime le lait.
Je n'aime pas les petits pois.

Feuille à photocopier

leçon 10

Je cuisine !

40 **1** Écoute et lis.

Je compte jusqu'à 100 !

41 **2a** Écoute et lis les nombres.

50 cinquante
51 cinquante et un
52 cinquante-deux
53 cinquante-trois…

60 soixante
61 soixante et un
62 soixante-deux
63 soixante-trois…

70 soixante-dix
71 soixante et onze
72 soixante-douze
73 soixante-treize

74 soixante-quatorze
75 soixante-quinze
76 soixante-seize
77 soixante-dix-sept
78 soixante-dix-huit
79 soixante-dix-neuf
80 quatre-vingts
81 quatre-vingt-un
82 quatre-vingt-deux
83 quatre-vingt-trois…

90 quatre-vingt-dix
91 quatre-vingt-onze
92 quatre-vingt-douze
93 quatre-vingt-treize
94 quatre-vingt-quatorze
95 quatre-vingt-quinze
96 quatre-vingt-seize
97 quatre-vingt-dix-sept
98 quatre-vingt-dix-huit
99 quatre-vingt-dix-neuf
100 cent

b Joue avec ton professeur. Cahier page 47

Consolidation

c Trouve les nombres divisibles par 3.
Écris sur ton cahier tous les nombres en chiffres et en lettres, dans l'ordre.

51.

51 : cinquante et un

Consolidation

CIVILISATION

Je fais des crêpes !

Pour 15 crêpes, il faut :

1 Je mets la poêle sur le feu avec deux gouttes d'huile.

2 Je mets la crêpe sur une assiette.

4 Je mets un peu de pâte dans la poêle.

5 Je remue bien la pâte avec la cuillère en bois.

6 Et je mange la crêpe avec de la confiture de fraises.

3 Je mets les ingrédients dans le saladier.

7 Je tourne la crêpe.

1 Écoute et lis la liste des ingrédients des crêpes. ✓ Consolidation

2 Mets les photos dans le bon ordre. Écoute et vérifie.

3a Quelle est la crêpe préférée de chaque copain ?

Moi, j'adore les crêpes au chocolat.

Sandrine

J'aime les crêpes à la confiture de pêches.

Marc

Théo

Moi, je mange ma crêpe avec un peu de sucre.

Rachid

J'adore les crêpes à la chantilly.

1

Quatre-vingt-un centimes

2

Quatre-vingt-seize centimes

3

Quatre-vingt-huit centimes

4

Soixante-douze centimes

b Parle avec tes camarades. ✓ Feuille à photocopier

Miguel, quelle est ta crêpe préférée ?

La crêpe au chocolat. Et toi Julia, quelle est ta crêpe préférée ?

c Classe les crêpes de la plus (+) chère à la moins (-) chère.

Atelier

Le grand jeu des aliments

6 feuilles, 1 rouleau de ruban adhésif, 1 stylo noir, des crayons de couleur, des ciseaux, 1 bâton de colle, 4 boutons et 1 dé.

1a **Par groupes de 4. Fais un poster avec les six feuilles. Écris le nom du jeu et dessine un plateau de 35 cases.**

b **Choisis 9 cases et écris :**

Avance d'une case.
Avance de deux cases.
Recule d'une case.
Recule de deux cases.
Compte de 50 à 60.
Compte de 60 à 70.
Compte de 70 à 80.
Compte de 80 à 90.
Compte de 90 à 100.

c **Dans les autres cases, colle et colorie les dessins des aliments.** Feuille à photocopier

2 **Donne ton jeu à un autre groupe. Lance le dé et joue avec tes 3 camarades : j'aime… / je n'aime pas…**

unité 6

Ma ville

- J'indique un chemin.
- Je décris mon quartier.
- Je fais les courses.

Je visite Biarritz.

leçon 11

Quel festin !

44 **1** Écoute et lis.

Consolidation

Va tout droit !

45 **2a** Écoute la chanson.

46 **b** Et maintenant, chante !

Où tu es ?

Va tout droit.

Prends la première rue à droite.

Prends la première rue à gauche.

Traverse la place.

Prends la deuxième rue à droite.

Prends la deuxième rue à gauche.

- premier/première
- deuxième
- troisième
- quatrième
- cinquième
- sixième
- septième
- huitième
- neuvième
- dixième

Consolidation

c Tu es devant les montagnes russes (7), indique à tes camarades comment aller à une autre attraction.

Consolidation

leçon 12

Vanille fait les courses.

47 **1 a** Écoute et lis.

48 **b** Écoute et répète les mots.

Je vais	à la boulangerie.
Tu vas	à l'école.
Il/Elle va	au cinéma. ~~à le~~ > au

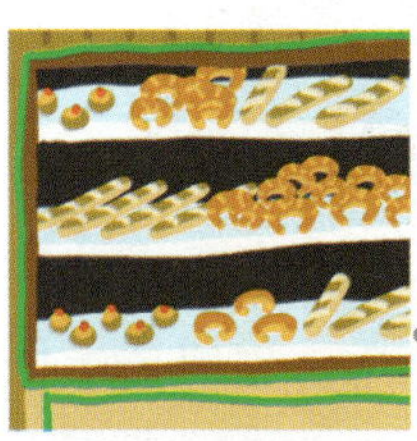
la boulangerie

la librairie

l'épicerie (n. f.)

la boucherie

le jardin public

le cinéma

l'école (n. f.)

la piscine

le magasin de jouets

le restaurant

Consolidation

Mon quartier

49 **2a** Écoute, indique le lieu ou le magasin.

b Présente ton quartier à tes camarades.

Dans mon quartier, il y a deux boulangeries, une épicerie…

50 **c** Écoute et lis la conversation à la boulangerie.

La boulangère : Bonjour !
Christine : Bonjour madame. Je voudrais un croissant, s'il vous plaît.
La boulangère : C'est tout ?
Christine : Euh… Et une baguette. Ça fait combien ?
La boulangère : Trois euros.
Christine : Voilà. Merci. Au revoir madame.
La boulangère : Au revoir.

À toi maintenant ! Fais les courses à l'épicerie.

d Avec ton camarade, invente une conversation. Achète deux produits et utilise les euros de ton cahier. Cahier page 47

CIVILISATION

J'habite à Biarritz.

Bonjour, je m'appelle Camille et j'habite à Biarritz.

Biarritz est un port de pêche situé dans le département des Pyrénées-Atlantiques, entre la montagne et l'océan, et à trente kilomètres de l'Espagne.

J'habite une maison avec mes parents et ma sœur.
Mon adresse est 15, rue de l'Océan.

1 a Écoute Camille et lis les textes.

b Associe les textes et les photos de Camille. Écoute et vérifie.

2 Observe la carte et écris les noms sur ton cahier.

1 L'* * * * *

2 * * * * * * * *

3 LA * * * * * * * *

4 L'* * * * * * *

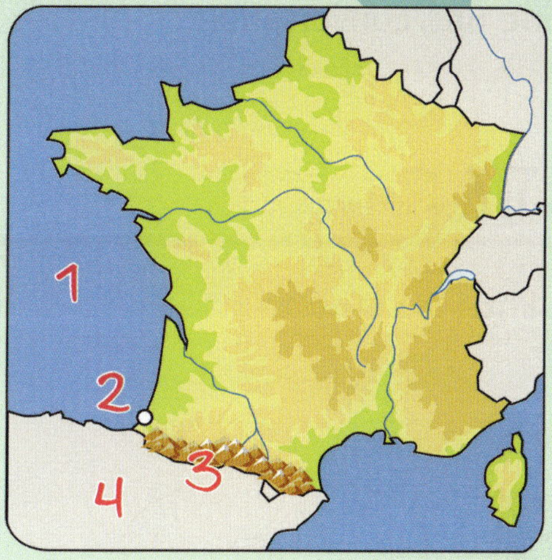

a En juillet et en août, je vais à la plage.

b Au printemps, je fais de la rando. J'adore la montagne.

c Le dimanche, je mange un gâteau basque. C'est délicieux !

d En juillet, je regarde les championnats de surf. C'est génial !

3a Regarde l'adresse de Camille.

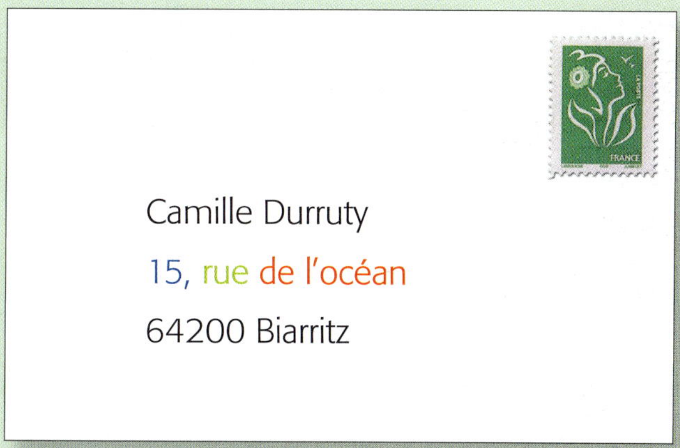

b Avec ton camarade, invente 4 adresses françaises.

39 71 62 57

rue avenue place boulevard

Françaises célèbres : Marie Curie George Sand

Français célèbres : Gustave Eiffel Jules Verne

57, avenue Jules Vernes

c Dis ton adresse en français.

Atelier

La rue des Acacias

4 feuilles pour faire 1 poster, 1 rouleau de ruban adhésif, des ciseaux, des crayons de couleur, 1 bâton de colle et 1 stylo.

Par groupes de 4. Avec tes camarades...

✓ Feuille à photocopier

1 Choisis 3 dessins.

2 Colorie et colle les dessins sur le poster, au milieu.

3 Complète le poster.

En haut : décris la rue des Acacias.

À gauche : écris des phrases.

En bas : écris des mots.

À droite : imagine une conversation.

LA RUE DES ACACIAS

Dans la rue des Acacias il y a une école, un jardin public et une épicerie.

L'école
Ma matière préférée est l'anglais.

Bonjour.

Le jardin public
Je vais au jardin public et je fais du vélo.

Bonjour madame.
Je voudrais un kilo de pommes, s'il vous plaît.

L'épicerie
Ma mère fait les courses à l'épicerie.

un livre, un dictionnaire, un stylo, un cahier, une gomme, un bâton de colle

un vélo, un arbre, un chien

une tomate, une banane

révisions

révisions

Lance le dé et joue avec 3 camarades.

6 uelle heure il est ?
7
8 Quels sports elle fait ?
9 Avance de 2 cases.
10 Tu aimes ou tu n'aimes pas ?
11 Qu'est-ce que tu fais ?
12 Relance le dé.
13 Où tu vas ?
AU BON PAIN
14
15 Qu'est-ce que c'est ?
16 Cite trois meubles de ta salle de classe.
17 Où tu vas ?
JOUETS · JEUX · PELUCHES
18 Recule de 3 cases.
19 Compte de 50 à 60.
20 Tu aimes ou tu n'aimes pas ?
43 Dis le nom de ept animaux.
44 Tu aimes ou tu n'aimes pas ?
45 Recule de 3 cases.
46 Compte de 90 à 100.
47 Qu'est-ce que c'est ?
48 Qu'est-ce que tu fais après l'école ?
49 Recule de 8 cases.
50
ARRIVÉE

CIVILISATION

Vacances en France

Choisis tes quatre activités préférées.

Je visite les châteaux de la Loire.

Je mange des petits-beurre. Miam, c'est délicieux !

Au Futuroscope de Poitiers, je regarde des films en 3D.

À Lascaux, je visite une grotte avec des peintures d'animaux préhistoriques.

À Toulouse, j'admire la fusée Ariane !

Je fais de la rando et j'admire les paysages des Pyrénées.

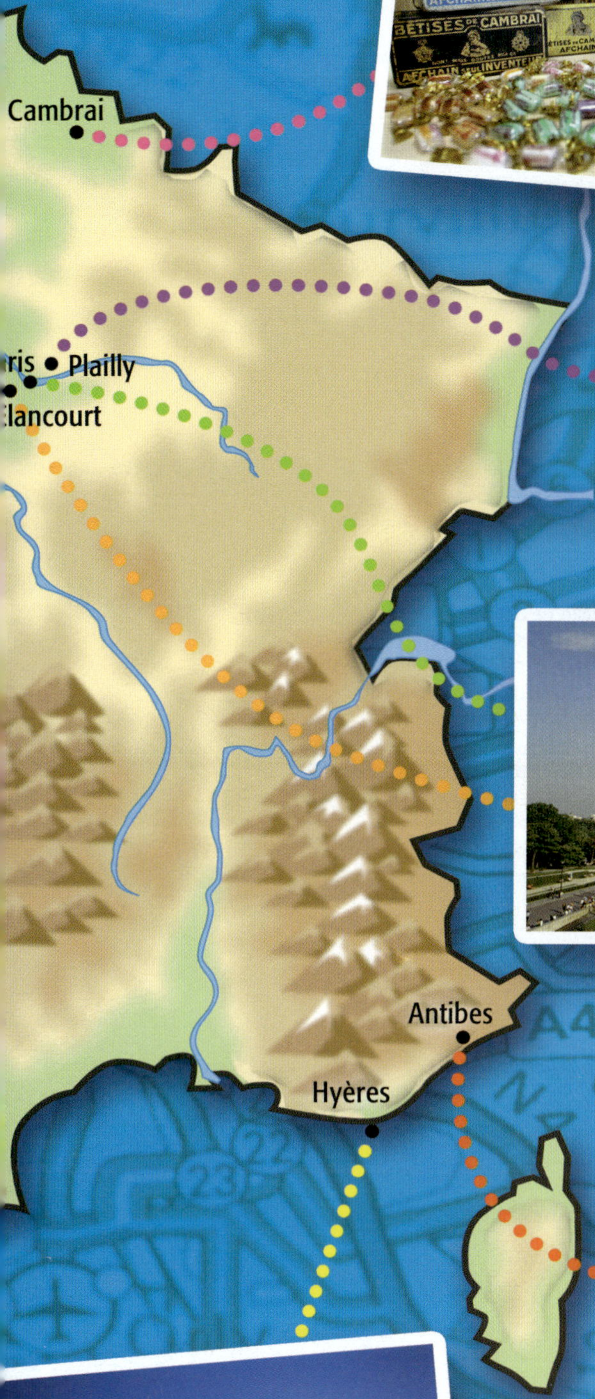

Je mange des bêtises !

Je m'amuse au parc Astérix.

Je monte à la tour Eiffel et j'admire Paris.
Et en juillet, je regarde l'arrivée du Tour de France !

Je visite les monuments français sur une carte de France en miniature. C'est super !

Je vais à la plage.

J'admire un spectacle avec des dauphins ! C'est mon animal préféré !

OXFORD
UNIVERSITY PRESS

Parque Empresarial San Fernando, Edificio Atenas
28830 San Fernando de Henares (Madrid)

Oxford University Press est un département de l'Université d'Oxford. En tant que partie intégrante de cette institution, Oxford University Press appuie et promeut dans le monde entier ses objectifs d'excellence et de rigueur dans la recherche, l'érudition et l'éducation, à travers son activité éditoriale à :

Oxford New York
Auckland Le Cap Dar Es-Salaam Hong Kong
Karachi Kuala Lumpur Madrid Melbourne México Nairobi
New Delhi Shanghai Taipei Toronto

Et ses bureaux en
Argentine Autriche Brésil Chili Corée du Sud France Grèce
Guatemala Hongrie Italie Japon Pologne Portugal République Tchèque
Singapour Suisse Thaïlande Turquie Ukraine Viêt Nam

Oxford et Oxford English sont deux marques déposées d'Oxford University Press.
Oxford EDUCACIÓN est une marque déposée en Espagne par Oxford University Press España, S. A.

Livre de l'élève pour l'Enseignement Primaire, troisième cycle, de français, élaboré selon le projet éditorial d'Oxford Educación dûment supervisé et autorisé.

Publié en Espagne par Oxford University Press España, S. A.

ISBN : 978-84-673-4146-1
Dépôt légal : BI-1767-2011
Imprimé en Espagne

AUTEUR
Marie Palomino

COORDINATION DU PROJET ÉDITORIAL
Laura Pérez Arnáez

COORDINATION ÉDITORIALE
Sandra Natacha Auxire

ÉDITION
Dorothée Rouffiac

COORDINATION GRAPHIQUE
Purificación Fernández López

CONCEPTION GRAPHIQUE DE LA COUVERTURE
Dolors Albareda

CONCEPTION GRAPHIQUE DE LA MAQUETTE INTÉRIEURE
Aurora Ramos

MAQUETTE
Elisa R. Mira
Aurora Ramos
Département Maquette Oxford Educación

DIRECTION ARTISTIQUE
Pedro García

ILLUSTRATION
José María Clemen, Eduardo Fuentes, Roberto González, Raúl Herrero, Alex Serna

DOCUMENTATION GRAPHIQUE
Belén Santiago Fondón
Ángel Somolinos Estévez

PHOTOGRAPHIES
ACI, AGE Fotostock, Cordon Press, Cover, Getty Images, Iñaki Preysler, Dorothée Rouffiac, et Archives Oxford